JN139048

豊巻つくし句集

雨宿り

東奥日報社

目次

一章　一日一善

一二〇句

一日一善人間らしい呼吸する
合掌に右も左もない祈り
許されて許して澄んでくる心

平凡でいいその平凡が難しい

元日の笑顔人間咲いている

さわやかな幸せを盛る今日の皿

無技巧の技巧が光る人間味
肩書は人間でいい並みでいい
なるようになるのに心配ばかりする

無心にもなれず一心にもなれず
淋しさもひとり気楽なのもひとり
しなやかに生きる肩から力抜く

ほどほどの幸せでいい飯茶椀

あちこちを修理しながら生きている

老いの輪をときどき抜ける好奇心

どの顔も平和を祈るこけしの眼

老い独りコーヒーを嗅ぐ朝の冷え

感謝して食べると旨いものばかり

長男のいいとこ俺に似ないとこ

輪の中の会話にいつも母がいる

六疊の平和新茶のいい香り

毒舌が失せた男の不整脈
七癖があって人間味に溢れ
正直に言うと困った人も出る

ひとときを馬鹿になりきる花見酒

匿名の顔をポストは知っている

歯に衣着せて善人演じきる

老斑の脛から涙もろくなる

平凡という幸せがある飯が炊け

ハードルの高さ知ってる足の裏

振り向けばこぼれる悔いの二つ三つ
天ばかり仰いで貧しくなる心
みそ汁が旨い幸せだと思う

敬老会今日いちにちは老いてくる

生かされてまた有難いプラン組む

石段を見上げ素直に男老ゆ

井の中の蛙が海に出る決意

宝くじみんな外れてホッとする

躓いた小石は宝ものにする

立派な歯もつて青汁飲む理屈

人間の怖さ鬼にも蛇にもなる

人間を臆病にする後ろ向き

約束はできぬ明日という老軀
同情をされると痛み増してくる
善悪と折り合い人生編んでいる

幸せは笑顔を食べて生きている

嫁姑とても仲いい鬼同士

一つ知り二つ忘れて日が暮れる

粗衣粗食五尺五寸で生きのびる
貧しさに耐えて育つた意地がある
同じ酒飲んでも苦い日甘い夜

妥協した日から男が錆びていく

老兵の今日は明日へ回されぬ

どん底の話が合ってからの仲

平平凡凡いとも素直に老いていく
渡らねばならぬ男を揺らす橋
古里を歩く思い出摘みながら

途中下車して脳みそ空にする
ひとり合点やっぱり孤独だなと思う
虫のいい話がひとり歩きする

いつ見ても平和に見える鳩の群れ

幸せはこんなものかと鰯焼く

世話になる嫁のタクトに合はす日々

長生きへ介護の文字が離れない
命日と知つて花屋は少しまけ
幸せの切符はすぐに売り切れる

いいこともあるさと冷めた茶を啜る

どの窓も開けて春吸う老い一人

小手先の才知が泥の舟を漕ぐ

夢売りの明日は昨日の売れ残り
踏み台にしたりされたり運不運
戦列を離れて確かな老いを知る

老斑の掌からぽろりと自己主張
茶漬サラサラメールを確かめる
欲のない話が澄んでいる欠伸

胸算用こころで白い旗を振る
一日のところどころに穴があき
解らない明日があるから生きられる

人生の大半悩んでばかりいる
物忘れふんわりシャボン玉になる
人間の匂い洗って乾してある

支え合う二人茶漬けの味がする

本当の自分を拾う後退り

北国の淋しがり屋が溶く絵具

年輪と一諸にふやす笑い皺
七転び受け身のうまい毬になる
ちっぽけな幸せいっぱい手に余り

少年の思い出貧しさなどはない
長いのに巻かれる術も知っている
ひよっこりと時の氏神さまがくる

七転び八起き折れない骨である

他人さまに迷惑だったマイペース

人生に失敗という連れがある

譲歩して胸のフェンス取り払い
年寄りという逃げ道開けておく
控え目な余生へ沈んでいく夕日

もう少し生きるつもりの玄米茶

顔色も元へ戻った血の流れ

一年中薬を飲んで生きのびる

不幸ではないが満足とも言えず
厄介になるぞと貧乏神が寄る
血の薄い男で妥協ばかりする

七人にだけは弱味を見せられぬ

眠れない夜を句集へ散歩する

人間に戻ると真の友になる

疑えば貧しくなっていること

一日が終るいのちが減っていく

弁解をすれば哀しくなるばかり

脳みそにまだ弾力がある好奇心

百薬の量を過した嬉しい日

オーバーにほめてもらつた身の置き所

のど仏ごくりと正論ひっこめる

名も地位も要らぬが金は少し要り

明日という日が解らない目玉焼

老骨を労わりあって舐める酒

癖ひとつ晒して人間らしくなる

いい顔で逝きたい演技などせずに

折れるだけ折れて自分を消してみる

哲学も思想も薄れて来た案山子

人生の坂道勾配きつくなる

二章　オアシス

一二〇句

オアシスに住んで乾いている心

言い分がすんなり通る青い空

人並みという生き方がある面子

温度差がそれぞれあって生きている

人生を刻む傷跡消しながら

涙腺へほろりとさせてくる話

平凡ないちにち削っていくいのち
ピーマンの主張フライにして生かす
方円の器へ水が盛るこころ

正直に生きて真っ白い灰になる
満天の星に孤独を埋めてくる
ブランコに揺れ決断間延びする

芯のない独樂は貧血気味になる
老人の匂い洗っても洗っても
信念をぐにやぐにや曲げて生きている

肩書をみんなはずして木偶になる

ほんとうの私を見せる雨ざらし

まだ生きる証しに未来語り合う

善人の企み神が嘘する

人間に皮一枚という面子

豊かさえ希薄になっていく粘り

横道に外れた話があたたかい
手の内は見せず笑顔を崩さない
世渡りのところどころに塩加減

正直に生きるプランを模索する
辛かつた昔を齢が恋しがる
望郷の念にかられた冬の蝶

人間の土台が出来ていない罪

動物は嘘をつかないきれいな瞳

鬼の打つ太鼓に村は守られる

親友の形見カシミヤあたたかい
子に贈る言葉は背なに書いておく
字を彫れば石にいのちが吹きこまれ

百の窓百の暮らしが干してある

火も水も風も器に盛つて生き

近道へ危ない橋が吊つてある

落ち葉踏む悲しみだけが残る音

風向きを替えてしまったハプニング

わだかまり消してあっさり抜く小骨

痛い目にあつて利口な猿になる

丁寧なことばにもある副作用

清流を集め濁つていく大河

あたたかく冷たく北の雪が降る
鈍行の極楽行きを予約する
雨だれの音へ広がる物思い

雪つもるつもる故郷を埋めていく

千羽目の鶴へ想いのたけを折る

火の色を囲むと心透けてくる

鬼の手の温み鬼の子知っている

春爛漫北のいのちがほどばしる

雑草の道を選んだ靴の底

のんびりと余生を刻む砂時計

足元の注意へ孫の肩を借り

野に花が満ちて心は蝶になる

逆転も奇蹟も信じて諦めず
納得のいかぬ怒りが燃えあがる
衣食住足りて不満を燻らせ

乾パンの思い出遠く噛む入歯

爪丸く削って妬心を消していく

どん底を歩いた靴にある粘り

ふる里の流れゆったり桜散る

いちにちが終りいちにち待つあした

ゆっくりと歩くそのうち天に着く

人生に喜怒哀楽という峠

白を白と言って動かぬ太い眉

人間に妥協はしないおんな

尻尾振る姿は子らに見せられぬ
ストレスと妥協しながら生きている
価値観の相違へ昭和遠くなる

欠点の分だけ人間あたたかい

虫のいい話だ耳に蓋をする

悔いひとつ悲しいまでの足の裏

不本意をどこで折り合う風の色

裸馬失うもののない強み

雨も陽も無駄にはしない老いの知恵

めでたさは金箔入りの栓を抜く

折れそうになると聞こえてくる太鼓

憧れた都会の空に虹がない

いい音で願いが適いそうな鈴

人はみな旅人生きる空がある

来た道を戻れば朽ちた父の橋

日の丸の余白は白いままがいい
転がった分だけ石が丸くなる
他人なら許せるものに血の匂い

古里はもう墓ばかり風の音

時と酒　水の流れる音がする

泣いて生き笑って生きて風になる

ふる里に帰れば詩人となる山河

わたり鳥北の無口が好きでくる

古里の海を汚して夏終る

雑音もよし下町の暮らし向き

結論はホームも寺も金が要り

一日を体内時計で暮らす老い

いのちあるうちにと思うことがある

右見ても左を見ても枯尾花

いつの日か下げねばならぬ頭陀袋

波紋ひとつ置き去りにして汽車が出る
どの星もみんな淋しく光ってる
底抜けに喜ぶバカな友がいる

深入りをしすぎて梯子はずされる
冗談の中で蠢くはかりごと
どんぐりになつてしまつた民主主義

妥協した日から濁ったままの川

象に似た眼元できつとお人好し

落陽の血をたぎらせている花芯

茫々と風吹き抜ける日も生きる
感性の薄れたロバの長い耳
ジグザグに生きた人生よしとする

香を焚く孤独しみじみ秋に入る

星ひとつ流れて明日は腹を決め

秋の雨歯切れの悪い物忘れ

恨みごと皮肉たつぷり濡れてくる
さまざまな出合い肥やしに生きている
風向きが変ると無口が喋り出す

根つからの善人許してばかりいる
アドリブの人生渡る土の橋
人生のお負けへ明日も明後日も

寒そうな町で魚の旨い宿

満月の淋しく光る思慕ひとつ

鱈汁のぬくもりもよし北の冬

三章　吃水線

一二〇句

吃水線あたりで迷ってばかりいる
自分だけ許して貧しくなる心
拝むもの拝んで消してくる不安

肩書をとるとペンペン草になる
老いの日々挑戦状を書き替える
哲学も思想も蒟蒻並みになる

大笑いして拭えようのない孤独
せち辛い空気に乾くのどちんこ
白い歯を見せて本音は伏せておく

一対一そして危なくなる無口
同情が欲しくて面子が失せていく
物忘れふんわりシャボン玉になる

男ひとりスイッチポンで生きている
ほんとうは淋しいのだと眼が笑い
美しく哀しく過去を追いかける

きっちりと叱つた孫の小さい嘘

本能のままに生きると鬼になる

このまゝで朽ちる気はない父の橋

ある日ふと風に逆らうシャボン玉
出涸しのお茶にもあつた使い道
生き残る老いの才覚揺り起す

振り出しに戻れとあっさり他人は言う
堅物と組んで疲れることばかり
明日を読む男たしかな風に乗る

キヤツシユカード何処かで洩れる音がする
ご利益も功徳も享けて生きている
お土産と無事に帰つた守り札

どんぐりの思想ころころ男老ゆ

前向きの思考背丈ほどの先

絆にも枷にもなって不眠症

流れ星そうかお前も淋しいか
地に還るまではときめく血が流れ
電池切れ風の流れを見ていよう

老い辿る心へ花の種をまく
春の陽へとろとろ夢を組みたてる
苦も楽も確かな絆縒っていく

たんぽぽへ雲ひとつない広い空

雑兵の以下同列に生きている

貧乏神袖をつかんで離さない

幸せを探しにロダン立ちあがる

孤独にも慣れて仮面をみな捨てる

納豆が粘るまだまだあるチャンス

ほどほどに弱って角がとれてくる

人生の答を探す濡れ落葉

休むのはあの世へ逝ってからにする

やり残しないか明日へ生かされる
すばらしい人生にする白い棺
煩悩の色を溶かした十二色

貧乏を笑い飛ばした玉の汗

メルヘンの蔓はぐんぐん空へ伸び

右向けに倣つて偏りすぎる癖

群れにいて手拍子だけがうまくなる

ピーマンの思想振っても音がない

生き残る知恵を絞った偏頭痛

弥陀の掌に乗せてもらつた善ひとつ
釈尊の後光にこころ休ませる
朗らかに生きて悟られまいとする

音ひとつ聞えぬ中を細雪

細雪だんだん別れにくくなる

幾たびか結び直して来た絆

海鳴りが止むまで太鼓打っている
メルヘンの森で小人と手をつなぎ
天も地も人もいきいきして崩える

逆らわず従かず図太く生きている
騙されてみようどうなる風の向き
人生のところどころを棒にふる

寂しさと気楽が宥め合う独り
疲れると亡妻がぼんやり逢いにくる
ひっそりと無用の用となる余生

人並みの並みで計算違いする
忘れたい過去が日記の隅にある
現実の風しみじみと日を刻み

巻尺で計るわたしの幸不幸
決断は卵一個を割る響き
傷心へひたひたひた潮が満ちてくる

車座の知恵は丸ァるく湧いてくる
見たくない世の中を見て生きている
棒鱈を噛んで海鳴り聞いている

スタンスは齢の歩巾にして構え
コーヒーの渦に溶けてく自己主張
玉手箱開けると高齢化が進み

啄木も賢治も生きたそば畑

あすなろの梢まっすぐ天を向き

青春を繋ぐ手と手にある未来

動物の世界でテロは人ばかり
猿真似の仮面は風に飛ばされる
心まで老いてはいないバラの色

土となるいのちだ土を汚すまい
人生の答は柩の中で聞く
胸を打つ弔辞へ拍手したくなる

ささくれた心に欲しい処方箋
人間がほどよく熟れて敵がない
争わず競わず余白埋めていく

人生へ無駄でなかった回り道
自分史のどこへライトをあてようか
手本にはなれぬが生きている見本

中傷を小耳に挟んでくる時雨
文明が乾くこころにしてしまい
人情の海でゆらゆら迷う舟

腹割つてひらがなだけにする会話

避けられぬ老いの流れにのる喜劇

鋳型から外すとやはくなる頭

凝り性の思案へ月が冴えてくる

鴉だけ増えて不気味な街になる

森羅万象人間だけが嘘をつく

囲まれて入歯を落とす初笑い

退屈な猫に欠伸をうつされる

たそがれの抱負を削る物忘れ

公園のカラスは鳩の真似をする

ころころと産んで悲しい無精卵

花見酒バカになれない不況風

流行にのつた絆はすぐほどけ
あすなろの枝に未来が吊つてある
冒険を避けた足から老いていく

海鳴りを肴に風の私語を聞く

遠慮ない嫁の言葉にある温み

写経してみてもやっぱり鬼である

思い出をたたむと道の先が見え
守られていると思う日が沈む
人間の弱さ祈りというかたち

あとがき

川柳に手を染めたのは遅く、一九六五年（昭和四〇年）の三十七才であった。靴問屋のセールスをしていた頃、『思潮』（清水米花）に取引先の狄守和穂氏がいた。勧められるまゝに、思潮へ句を送り、川柳の道に足を踏み入れた。思潮廃刊になるまで、清水米花、鈴木泉福両氏の指導を受けた。その間に花紅会の竹田花川洞、高木九史、萩原夏絵氏等と親交を深めることとなる。生活のため、朝から晩おそく迄、靴のセールスで頭の休まる事の無かった時代、川柳を始めた翌年第二十回青森県川柳大会で大御所川上三太郎選の雑詠で人位に抜かれてから、病みつきとなる。

川柳に魅せられて五十年、その間、県内の大会には欠かさず参加した。また全日本川柳大会には観光も兼ねて連続十年、北は北海道、南は沖縄まで各地の川柳大会に参加して多くの川柳仲間を得た。以来句帳を手から離したことはない。川柳に継続の大切さを学び、生きるよろこびを感じ、楽しい人生を送っている。拙句ばかりで恥ずかしいのだが、小生の『雨宿り』をお暇の折にでも眼を通して下されば幸いである。

平成二十七年九月吉日

豊巻つくし

略年譜

豊巻つくし（とよまき　つくし）

一九二八年一〇月一八日生まれ。本名敬一。一九六五年はちのへ川柳社入会。一九六八年青森県川柳社同人。二〇〇一年東京川柳研究社幹事。一九七六年青森県川柳社不浪人賞受賞。一九九〇年八戸市文化協会文化褒章受章。二〇〇一年第三九回八戸市文化賞受賞。二〇一五年青森県川柳社蝶五郎賞受賞

著書　川柳句集『絆』

句碑　一基（八戸公園文芸のこみち）

住所　〒〇三一―〇〇四六
青森県八戸市町組町五番地

東奥文芸叢書　川柳25

豊巻つくし句集　雨宿り

発　行　二〇一六（平成二十八）年一月十日
著　者　豊巻つくし
発行者　塩越隆雄
発行所　株式会社　東奥日報社
〒030-0180　青森市第二問屋町3丁目1番89号
電　話　017—739—1539（出版部）
印刷所　東奥印刷株式会社

定価はカバーに表示してあります。乱丁・落丁本はお取り替え致します。

ISBN－978－4－88561－224－4　C0092　￥1200E

東奥日報創刊125周年記念企画

東奥文芸叢書　川柳

高田寄生木　千島　鉄男
岡本かくら　岩崎眞里子
渋谷　伯龍　髙瀨　霜石
野沢　省悟　工藤　青夏
む　さ　し　千田　和美
斉藤　劦　須郷　井蛙
佐藤　古拙　角田　古錐
笹田かなえ　福井　陽雪
滋野　さち　鳴海　賢治
斎藤あまね　内山　孤遊
杉野　草兵　小林不浪人
後藤蝶五郎　梅村　北仙
豊巻つくし　吉田　州花
沼山　久乃　佐藤とも子
熊谷　冬鼓　沢田百合子

（既刊は太字）

東奥文芸叢書刊行にあたって

青森県の短詩型文芸界は寺山修司、増田手古奈、成田千空をはじめ日本文学界をリードする数多くの優れた文人を輩出してきた。その流れを汲んで現代においても俳句の加藤憲曠、短歌の梅内美華子、福井緑、川柳の高田寄生木など全国レベルの作家が活躍し、その後を追うように、新進気鋭の作家が次々と現れている。

1888年（明治21年）に創刊した東奥日報社が125年の歴史の中で醸成してきた文化の土壌は、「サンデー東奥」（1929年刊）、「月刊東奥」（1939年刊）への投稿、寄稿、連載、続いて戦後まもなく開始した短歌・俳句・川柳の大会開催や「東奥歌壇」、「東奥俳壇」、「東奥柳壇」などを通じて、本州最北端という独特の風土を色濃くまとった個性豊かな文化を花開かせてきた。

二十一世紀に入り、社会情勢は大きく変貌した。景気低迷が長期化し、核家族化、高齢化がすすみ、さらには未曾有の災害を体験し、その復興も遅々として進まない状況にある。このように厳しい時代にあってこそ、人々が笑顔と元気を取り戻し、地域が再び蘇るためには「文化」の力が大きく寄与することは間違いない。

東奥日報社は、このたび創刊125周年事業として、青森県短詩型文芸の優れた作品を県内外に紹介し、文化遺産として後世に伝えるために、「東奥文芸叢書（短歌、俳句、川柳各30冊・全90冊）」を刊行することにした。「文化」の力は地域を豊かにし、世界へ通ずる。本県文芸のいっそうの興隆を願ってやまない。

平成二十六年一月

東奥日報社代表取締役社長　塩越　隆雄